AF340169

Y 5466
A.

LE ROY

VICTORIEUX

A FONTENOY

ET A TOURNAY.

POËME

A SA MAJESTÉ.

A PARIS,

Chez **PRAULT** pere, Quai de Gêvres, au Paradis.

M. DCC. XLV.

AVEC PERMISSION.

LE ROY VICTORIEUX
A FONTENOY
ET A TOURNAY.
POËME
A SA MAJESTÉ.

OÙ t'emporte, LOUIS, l'amour de tes Sujets ?
Où voles-tu, rempli d'héroïques projets ?
TOURNAY n'a qu'un moment (a) ton augufte Préfence.
Tu fçais qu'il doit bientôt tomber fous ta Puiffance :
A ton jeune courage il faut d'autres hazards :
Des murs n'arrêtent point l'Emule des Cefars :
Tu réponds à la voix de ce Héros fidele,
Qui ne doit plus fes jours qu'aux efforts de fon zèle.
DE l'orgueilleux Anglois, du fier Autrichien,
Du Batave, du Belge, & de l'Hanovrien,

(a) Le Roi arriva le 8. Mai à fon quartier devant Tournay, & il en partit le 9. pour joindre fon armée d'obfervation.

Les Bataillons nombreux que la Fureur entraîne,
Veulent te difputer ta conquête prochaine.
Tels on voit dans les airs, naître de tous côtés,
Des nuages épais par les Vents emportés,
Se réunir enfin, & former un orage
Qui menace les champs d'un funefte ravage.

　　TES Ennemis acrus, enflament ton grand cœur;
Et charmé d'un péril digne de ta valeur,
Tu conduis tes Soldats aux fources de la gloire;
Leur audace & ton Front préfagent la victoire.

　　TON Fils, cher à la France, à l'Amour, au Dieu Mars,
Ton cher Fils, fur toi feul, fixe tous fes regards,
Montre la meme ardeur, & combat au même âge
Où le jeune Alexandre effaya fon courage.
Protecteurs de nos Lis, Dieux! Veillez fur fes jours,
Ecartez les dangers qu'il cherchera toujours.

　　QUEL Peuple de héros s'empreffe, & t'environne!
Quelle vive fplendeur éclatte en ta Perfonne!
Tel jadis, Jupiter dans les Plaines des Cieux,
Pour vaincre les Titans, marchoit avec les Dieux.

　　CEPENDANT d'Albion les Enfans intrépides,
S'irritent à l'afpect de tes exploits rapides :
CUMBERLAND les raffemble, & flattant leur courroux :
„ Compagnons, leur dit-il, je vais guider vos coups;
„ Signalons aujourd'hui cette antique vaillance,
„ Qui du tems des Valois a fait trembler la France,

„ Et montrons que, malgré leurs efforts généreux,
„ Les Bourbons n'auront pas un deftin plus heureux ;
„ Hâtons-nous d'affranchir par une illuftre audace,
„ Ces Ramparts foudroyés, du joug qui les menace,
„ Et que L O U I S, loin d'eux, ceffe de nous braver :
„ A leur augufte Reine ofons les conferver ;
„ C'eft l'efpoir de l'Autriche & de l'Europe entiere....
„ Dans tous nos Alliés qu'elle valeur altiere !
„ Leur Chef, comme le vôtre, & Fils de votre Roi,
„ Je cours à l'Ennemi. Pour vaincre, fuivez-moi.

  I L dit : Mais il ignore en fon Noble délire,
Les talens de mon Roi, du Héros qu'il infpire,
De ce Saxon chéri, dont la férénité
Difpofe, prévoit tout, fait notre fûreté.
Par l'efpoir du combat fa force eft ranimée.
Sous tes Ordres, L O U I S, il range ton Armée,
Et de Bellonne alors, déployant le grand Art,
M A U R I C E à la Prudence a foumis le Hazard ;
Sa gloire anticipée eft ton digne fuffrage,
Ton intrépidité redouble fon courage,
Enflame tes Soldats, & leurs Chefs valeureux ;
Tout ne refpire enfin que le fer & les feux.

  L E Salpêtre bruyant déja lance en furie,
Ces globes inhumains, deftructeurs de la vie ;
Gramont en eft frapppé, Gramont que les honneurs,
Alloient mettre à la Guerre au faîte des grandeurs.

Du Brocart avec lui voit les Demeures fombres :
Oh combien d'Ennemis immolés à leurs ombres !

   P L U S craint que tous ces feux, le fameux Lovendal,
Pour vous, fiers Alliez, eft un écueil fatal.

   F O N T E N O Y (*a*) vous réfifte à l'abry des allarmes,
Ses braves Deffenfeurs font échouer vos Armes.
Il faut vous réünir, & d'un énorme poids,
Sur d'autres Légions tomber tout à la fois.

   F I L L E de la terreur, un horrible Phalange,
Des fureurs du Dieu Mars, prodigieux mêlange,
Fait voler de fon fein le Carnage & la Mort,
Et tente contre nous un general effort.

   Accourez, il eft tems, redoutable Milice, (*b*)
Votre Roy vous appelle, & vous ouvre la Lice ;
Les Dieux vous armeront de leurs traits enflamez ;
On diroit qu'en vos Chefs (*c*) ils fe font transformez,
Ainfi que reveftus d'une brillante Armure,
Des Héros du Scamandre ils prenoient la figure.

   A T T A Q U E' par le Front, attaqué par les Flancs,
Le Bataillon épais fe trouble & rompt fes Rangs.
Avide de Trépas, Pluton dans fes Abyfmes,
Voit tomber fous vos coups d'innombrables Victimes.
L'Anglois préfomptueux, conferve en periffant,
Dans les bras de la Mort, un regard menaçant ;
Jufqu'au dernier foupir il fe rend redoutable :
Qu'il ceffe toutes fois de fe croire indomptable.

(*a*) Pofte dont les ennemis avoient fort à cœur de s'emparer, & que pendant toute l'action ils ont tâché d'envelopper ainfi que la Redoute à droite des bois de Barry.

(*b*) La Maifon du Roi, les Carabiniers, deux Bataillons des Gardes Françoifes ceux des Gardes Suiffes, le Régiment des Vaiffeaux, celui de Normandie, & autres Troupes.

(*c*) Les Commandans de ces Corps, les Lieutenans Généraux, & autres Officiers qui conduifoient les attaques.

RENDUE à nos Drapeaux, & prompte à fe fixer,
La Victoire rougit d'avoir pu balancer,
Flatte nos Légions, les couvre de fes aîles,
Et couronne mon Roy de Palmes immortelles.

MUSE, préparez-moi vos plus brillants Pinceaux,
Pour peindre ce Vainqueur, ami de fes Rivaux ;
Ceux qu'il a combattus ont part à fon eftime,
Leur fang eft précieux à fon cœur magnanime,
Et de fa piété devenus les objets,
Il met fes Ennemis (a) au rang de fes Sujets,
Ah ! Grand Roy, qu'en ce jour tu moiffonnes de Gloire !
En ufer comme Toi, c'eft doubler fa Victoire.
LOIN d'ici ces Romains, ces vains Triomphateurs,
Qui de Princes vaincus, ardents Perfecuteurs,
S'aplaudiffoient de voir la Trouppe infortunée,
Par les mains de l'Opprobre à leur Char enchaînée,
Avant que la Prifon, le Suplice, la Mort,
De ces fameux Profcrits eût terminé le fort,
HEUREUX, cent fois heureux, qui toûjours ac-
cceffible,
Et fur le Throfne affis, porte une Ame fenfible !
Beni foit le Monarque à la Vertu formé,
Qui peut fe faire craindre, & ne veut qu'être aimé !

GRAND Roi, quel eft enfin ton Bonheur & le nôtre ?
Toûjours une Conquête eft le gage d'une autre.

(a) Le Roi fur le champ de Bataille ordonna, après l'action, qu'on eût le même foin des bleffés des Ennemis que des fiens.

Ypres fuivit Menin ; libre dans fes Rozeaux ,
Le Rhin vit à tes pieds , Fribourg & fes Châteaux ,
FONTENOY qui te livre une Ville fameufe ,
Y joint fa Citadelle , & vafte & fourcilleufe :
Chef-d'œuvre d'un François : croyoit-il (a) donc alors ,
Te dreffer un Trophée , en élevant ces Forts ?
Ta valeur les fubjugue ; & tes Lis vont renaître ,
Où , dès nos premiers Roys , (b) on les a vûs paroître.

PARDONNE-moi , LOUIS , fi peut-être un peu
    tard ,
Je chante des Exploits , Triomphe de notre art.
Ma Mufe rarement fréquente l'hypocrêne ,
Elle veut du loifir pour fe mettre en haleine ;
Et tes Hauts faits ont pris un fi rapide cours ,
Qu'il faudroit qu'Apollon nous infpirât toûjours.

(a) Megrigny fameux Ingénieur a bâti cette Citadelle. Lorfqu'elle fut achevée Louis XIV. vint la vifiter. Megrigny lui ayant demandé s'il la trouvoit à fon gré , ce Monarque lui répondit qu'elle lui plaifoit fi fort qu'il voudroit feulement qu'il y eut quatre rouës pour la pouvoir tranfporter où bon lui fembleroit.

(b) Tournay fut prife fur les Romains par Clodion Roi des François. Son petit-fils Childeric y demeuroit , y mourut & y fut enterré. Cette Ville a été autrefois la Capitale des Rois de France , & a prefque toujours été fous leur domination.

F I N.

Lû & approuvé 22 Juin 1745. CREBILLON.

Vû l'Approbation du Sieur Crébillon , permis d'imprimer. A Paris , ce 22 Juin 1745. MARVILLE.

www.ingramcontent.com/pod-product-compliance
Lightning Source LLC
LaVergne TN
LVHW022256030726
842520LV00009B/2854